PETITS JEUX RÉCUP'

... pour s'amuser
avec trois fois rien !

ISBN : 978-2-412-08114-3
Dépôt légal : août 2022

Imprimé en Italie par LEGO

Auteur : Laurent Gaulet
Couverture et mise en page : Olivier Frenot
Illustration : Freepik

Éditions First, un département d'Édi8
92, avenue de France
75013 Paris – France
Tel. : 0144160900
Fax : 0144160901
E-mail : firstinfo@efirst.com
Site Internet : www.editionsfirst.fr

PETITS JEUX RÉCUP

... pour s'amuser
avec trois fois rien !

Laurent Gaulet

INTRODUCTION

Il suffit souvent de trois fois rien pour amuser les petits comme les grands. Alors, que vous soyez chez vous à vous morfondre ou à l'extérieur à ne savoir que faire, les éléments qui vous entourent peuvent vous permettre d'échapper à l'ennui, vous servir à imaginer des jeux de toutes sortes pour satisfaire votre esprit de compétition, passer des moments de convivialité, mais surtout... franchement rigoler ! Prêts ? 3, 2, 1... jouez !

LE DERNIER DES BÂTONNETS

- ***20 crayons/bâtonnets de glace/ bouts de bois***

Alignez vingt crayons ou petits bâtons. Chacun leur tour, les deux joueurs décident de retirer un, deux ou trois bâtonnets. Celui qui est contraint de retirer le dernier bâtonnet a perdu !

LE JUSTE PRIX

- ***Les achats de vos dernières courses***

En revenant des courses, étalez-les sur une table. Prenez un à un les articles et demandez aux joueurs d'en estimer le prix. Celui qui s'approche le plus du juste prix garde l'article devant lui. Celui qui a le plus d'articles en sa possession à la fin gagne le jeu. Le perdant range les courses !

PLEIN LE DOS !

- ***Divers objets***

Faites un gros tas d'objets de différentes tailles et formes, plus ou moins encombrants et difficiles à transporter. Au signal de départ, une équipe charge un de ses joueurs d'un maximum d'objets. Elle ne dispose pour cela que d'une minute et le joueur doit se tenir debout. Comptabilisez le nombre d'objets que le pauvre participant aura accumulés avant que la seconde équipe ne tente de faire mieux…

LE CORTÈGE DE CONSERVES

- ***Boîtes de conserves***
- ***Cordelettes***

Les joueurs décident d'un parcours sur lequel ils peuvent prévoir un ou plusieurs obstacles. Pour disputer la course, ils s'attachent une corde autour de la taille, puis une boîte de conserve au bout de cette même corde, qu'ils laisseront traîner derrière eux. Le dernier arrivé est éliminé et attache sa corde autour de la taille du premier arrivé. Et ainsi de suite, jusqu'à ce que la dernière course départage les deux derniers et bruyants participants !

LAND ART

- ***Feuilles mortes***
- ***Branchages***
- ***Mousse***

À l'automne, ramassez dans les bois des feuilles de différentes formes et couleurs, des petits bouts de bois, de la mousse... Votre défi : représenter au sol avec votre palette d'éléments des animaux (chats, oiseaux, poissons...), des êtres fantasmagoriques...

LUGEURS EN HERBE

- *Gros carton d'emballage*
- *Corde*

Ouvrez un gros carton d'emballage de manière à pouvoir vous asseoir dessus et fixez à l'avant une corde à laquelle vous pourrez vous accrocher. Il ne reste plus qu'à trouver une prairie en herbe et en pente à dévaler !

PÉTANQUE

- ***Cailloux***
- ***Bâton***

Nul besoin de transporter de lourdes boules pour jouer à la pétanque sur la plage ! En guise de cochonnet, plantez un bâton dans le sable. Puis chaque joueur choisit trois cailloux qui feront office de boules. Vous pouvez ensuite appliquer à votre jeu les mêmes règles qu'à la pétanque : le but étant de lancer ses cailloux le plus près du bâtonnet possible !

DESSIN SUR LE SABLE

- ***Bâton***

Lorsque la mer se retire, elle laisse derrière elle une grande étendue plane de sable humide… Quelle belle page blanche ! À l'aide d'un bâton, laissez libre cours à votre imagination pour y dessiner une grande fresque éphémère aux formes géométriques.

CHAUSSETTES-BALL

- ***Paires de chaussettes***

Roulez quelques paires de chaussettes en boule et vous voici armés de munitions pour une partie de chaussettes-ball ! Le but est de toucher son adversaire en lui lançant les chaussettes. Il est autorisé de réutiliser les munitions de son adversaire. Le perdant est celui qui aura été touché le plus de fois dans un temps imparti.

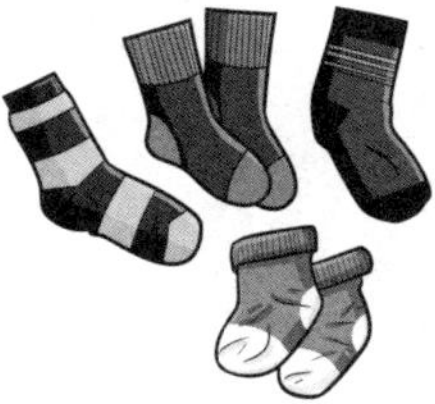

COURSE D'ESCARGOTS

- ***Escargots***

Lorsqu'il pleut et que les gastéropodes sont de sortie, pourquoi ne pas organiser une course d'escargots ? Placez-les sur une ligne de départ et le premier à franchir la ligne d'arrivée a gagné ! Après en avoir bien bavé, n'oubliez pas de les relâcher dans leur environnement !

BATAILLE NAVALE

- ***Cailloux***

À deux joueurs, constituez cinq paires de cailloux de tailles identiques que chacun se partage afin de constituer sa flotte navale. À environ quatre mètres, disposez devant vous vos cinq cailloux dans un cercle tracé au sol. Chacun leur tour, les joueurs lancent un caillou (l'obus), qu'ils auront préalablement choisi, en visant les bateaux de leur adversaire. Dès qu'un bateau est touché, il est retiré du jeu. Le gagnant est celui qui aura coulé tous les bateaux de son adversaire. À plus de trois joueurs, placez-vous en cercle, chacun peut viser la flotte de son choix. Celui qui a été visé joue à son tour.

COURSE EN SAC

- ***Vieux draps***

Chaque participant se plante debout au milieu d'un drap et en ramasse les quatre coins pour se maintenir à l'intérieur comme dans un sac, puis se positionne sur la ligne de départ. Au signal, chacun saute pour atteindre le premier la ligne d'arrivée !

COURSE DE CHEVAUX

- ***Chaises***
- ***Ficelle***
- ***Feuille en papier***

Tendre deux ficelles d'un même point haut jusqu'à deux chaises en contrebas et placées à équidistance du point de départ. Les deux participants plient une feuille en deux et la placent, à cheval, en haut de leur ficelle. Au top départ, ils tapotent leur ficelle de manière à ce que leur feuille descende et atteigne en premier leur chaise ! Vous pouvez personnaliser les feuilles en les dessinant ou les découpant en forme de cheval…

SOUFFLÉ, COULÉ

- ***Prospectus***
- ***Bassine***

Avec les pages des prospectus, confectionnez des bateaux en papier. Chaque participant dépose ensuite son bateau sur l'eau puis souffle sur celui des autres de manière à les faire chavirer. Le dernier bateau flottant, l'insubmersible, remportera cette bataille navale !

ON SE COUVRE !

- ***Vieux vêtements***

Disposez au sol un tas de vieux vêtements. Sous le regard d'un juge, les participants se bandent les yeux et ont trois minutes pour revêtir le maximum de vêtements. Le juge comptabilise ensuite les vêtements : le vainqueur est celui qui en enfilera le plus.

CHAISE MUSICALE

- ***Chaises***
- ***Musique***

Disposez en cercle autant de chaises que de participants moins une. Le meneur diffuse de la musique pendant que les participants tournent autour des chaises. Dès que le meneur arrête la musique, chacun doit s'asseoir. Celui qui n'y parvient pas quitte le jeu et l'on retire une chaise. Et ainsi de suite jusqu'à ce qu'il ne reste qu'une seule chaise pour deux participants !

CHERCHE AVEC LES YEUX !

- ***Petits objets***

Le meneur place dans la pièce divers petits objets sans trop les dissimuler. Puis il liste sur une feuille de papier qui restera posée et consultable les objets à retrouver. Les joueurs doivent ensuite les chercher uniquement avec leurs yeux et sans rien déplacer. Lorsqu'un joueur découvre un objet, il le souffle à l'oreille du meneur qui retire l'objet et le donne à celui qui l'a trouvé. Le gagnant est celui qui trouvera le plus d'objets !

LE MEILLEUR MÉDIUM

- *Divers objets*
- *Feuille en papier*
- *Crayon*

Les joueurs inscrivent sur une feuille ce qu'ils pensent que contient une boîte, un tiroir... Le vainqueur est celui qui aura deviné le plus d'objets !

TOUR DE PISE

- ***Rouleaux de papier toilette***

Chacun sa technique pour élever une tour avec les rouleaux de papier toilette. Qui parviendra à ériger la plus haute ?

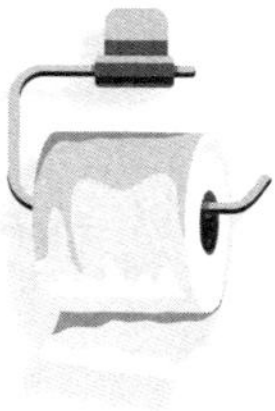

LA RAFLE

- ***16 cailloux***

Dans le sable ou la terre, tracez quatre lignes et quatre colonnes comme sur le dessin ci-après. Posez ensuite un caillou aux seize intersections. Chacun leur tour, les joueurs retirent, dans une même colonne ou une même ligne, le nombre de cailloux qu'ils souhaitent à condition qu'ils se touchent (soient voisins). Le perdant est celui qui doit prendre le dernier caillou !

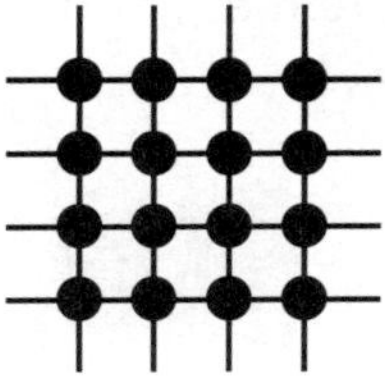

LES DIABÉTIQUES

- ***Morceaux de sucre***
- ***Ficelle***

Chaque joueur attache un morceau de sucre au bout d'une ficelle. Vérifiez que les ficelles sont bien toutes de la même longueur. Les joueurs tiennent ensuite dans leur bouche l'extrémité de la ficelle et laissent pendre le sucre à leurs pieds. Penchés en avant, les mains dans le dos, ils doivent ensuite faire remonter le sucre uniquement à l'aide de leur bouche et le manger ! Le premier gourmand qui y parvient a gagné.

LA PIÈCE CACHÉE

- ***Pièce ou n'importe quel petit objet***

Les joueurs sont assis autour d'une table. L'un d'entre eux tente de deviner quel joueur est en possession de la pièce que tous se passent de main en main sous la table. Lorsqu'il crie « Stop ! » en désignant un joueur, ce dernier doit ouvrir ses mains au-dessus de la table et les montrer. S'il ne possède pas la pièce, le jeu se poursuit. S'il la détient, il devient celui qui doit trouver la pièce.

GARÇON !

• ***Divers objets***

Un participant endosse le rôle du serveur et les autres, ceux des clients, qui passent chacun la commande de trois choses (adaptez le nombre et donc la difficulté à celui des participants) auprès du serveur. Ce dernier doit les mémoriser, aller les chercher puis les ramener pour les servir. Comptabilisez le nombre d'erreurs, puis un client prend la place du serveur. Qui sera le meilleur serveur ?

KIM

- ***Divers objets***
- ***Feuille en papier***
- ***Crayon***

Le meneur de jeu dispose une quinzaine de petits objets sur la table. Les joueurs les observent pendant une vingtaine de secondes puis le meneur les recouvre d'une serviette. Sur un bout de papier, chaque joueur doit alors dresser la liste des objets dont il se souvient... Le plus rapide à présenter au meneur la liste complète ou la plus longue prend sa place.

COURSE DE TAPIS

- ***Grandes serviettes***

Dans cette course où le but est de franchir en premier la ligne d'arrivée, les concurrents ne peuvent se déplacer que sur leur serviette. Ils doivent l'étaler devant eux, la traverser en marchant dessus puis la reprendre de l'autre côté pour l'étaler devant eux à nouveau, repasser dessus et ainsi de suite jusqu'à l'arrivée... Qui sera le meilleur Aladin ?

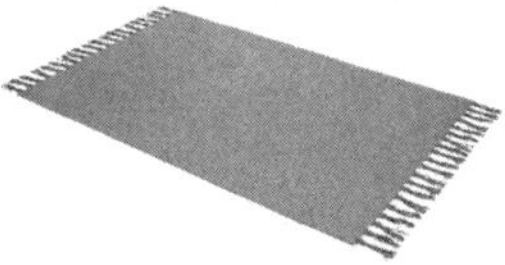

LA PIÈCE DE TROP

- ***Verre d'eau***
- ***Pièces de monnaie***

Remplissez un verre d'eau quasiment à ras bord. Chacun leur tour, les joueurs font délicatement tomber une pièce dans le verre. Celui dont la pièce fera déborder l'eau du verre a perdu !

FOOT DE TABLE

- ***4 bouchons***
- ***Pièces de monnaie***

Sur une table, servez-vous de bouchons pour délimiter les buts des deux équipes. Les pièces seront les joueurs et une pièce plus petite sera le ballon. À l'engagement, faites tourner la pièce au centre du terrain. Le « ballon » appartient toujours au joueur le plus proche. Avec le doigt maintenu sur la pièce du joueur le plus proche du ballon, frappez la pièce du ballon avec celle du joueur. Avant chaque tir, l'adversaire a le droit de déplacer un joueur où il veut mais pas à moins de 20 cm du ballon. Après avoir tiré, positionnez votre joueur à l'endroit du tir. Pour faire une passe, il faut que le ballon touche votre autre joueur. Ce dernier peut alors se rapprocher du ballon et continuer à jouer même s'il n'est pas le joueur le plus proche. Lorsqu'une pièce sort du terrain, elle est remise en jeu à l'endroit de sa sortie. Si un joueur adverse se fait sortir du terrain, c'est ce dernier qui prend possession du ballon.

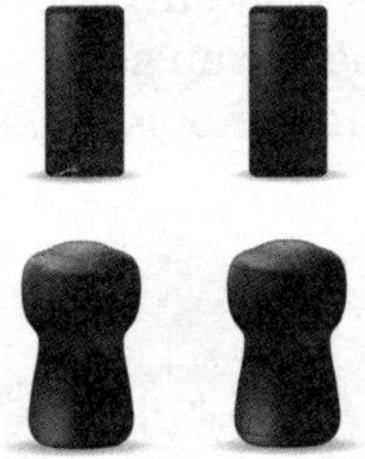

CHASSE AUX ŒUFS

- *Œufs périmés*

Constituez deux équipes et pour chacune d'elle désignez un guide. Les yeux bandés et orientés par le guide de leur équipe, les autres joueurs doivent ramasser les œufs qui ont été répartis au sol puis les lui ramener. Un œuf cassé ne sera pas validé !

LA PRINCESSE ET LE DRAGON

- *Chaise*
- *5 foulards*

Une princesse est attachée à une chaise par quatre foulards, un pour chaque bras et chaque jambe. Les princes tentent de dénouer les liens de la princesse sans que le dragon, qui a les yeux bandés, ne touche les princes qui seraient alors éliminés…

GUERRE D'ÉPÉES

- ***Rouleaux de papier toilette ou d'essuie-tout/prospectus***

Emboîtez les rouleaux de papier toilette ou d'essuie-tout les uns dans les autres, ou bien roulez des pages de prospectus pour fabriquer deux longues épées et... affrontez-vous sans pitié ! Le vainqueur est celui qui touchera trois fois son adversaire au buste.

MIME-LE-MOI !

- ***Divers objets***

Le joueur qui mime se tient face à son coéquipier. Derrière ce dernier, l'équipe adverse étale divers objets que celui qui mime doit, en deux minutes, faire deviner à son partenaire ! Si celui-ci peine à trouver, passez à un autre objet. Lorsqu'un objet est trouvé, l'équipe adverse le met de côté pour comptabiliser ensuite les points. Puis les équipes inversent leurs rôles, la gagnante étant celle qui aura deviné le plus d'objets.

MIME EN RELAIS

- *Divers objets*

Selon le même principe que le jeu de la page précédente, vous pouvez organiser un relai de mimes. Dès qu'un joueur trouve, il doit prendre la place de celui qui mime. L'équipe adverse ne montre les objets qu'un par un à celui qui doit mimer. Elle les choisit dans un stock d'objets qu'elle aura préalablement constitué et qu'elle conservera à l'abri des regards indiscrets…

MUR D'ESCALADE

- ***Vieux pneus***

Avec de vieux pneus fixés sur un mur ou un plan incliné, vous pouvez fabriquer un parcours d'escalade très *secure* !

FAUT ÉPONGER !

- ***Éponges***
- ***Au moins 4 récipients identiques***

Les joueurs ou équipes de joueurs doivent transvaser l'eau d'un récipient vers un autre uniquement grâce à leur éponge. Prévoyez un peu de distance entre les deux récipients pour compliquer la tâche. Le vainqueur est celui qui sera parvenu à remplir son second récipient avec le plus d'eau.

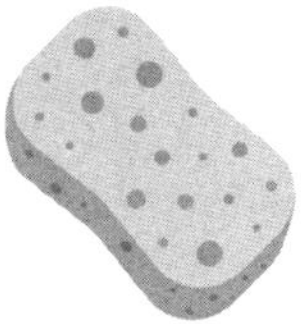

MINI-BASKET

- ***Gobelet***
- ***Balle rebondissante ou de ping-pong***

Posez le gobelet sur l'assise d'une chaise. Le but du jeu est de faire rebondir une fois la balle au sol de manière à ce qu'elle tombe dans le gobelet. Soyez patients et comptez les points !

RÉACTIONS EN CHAÎNE

- ***Billes/balles/ballons***
- ***Ficelles***
- ***Objets du quotidien***

Vous connaissez le principe des dominos : lorsque l'un d'entre eux tombe, il entraîne dans sa chute le suivant, et ainsi de suite jusqu'au dernier. Le principe est ici le même : créez une réaction en chaîne d'objets dont le déplacement ou la chute entraînera celui ou celle du suivant. Pour cela, vous pouvez utiliser tous les objets du quotidien, les plus petits comme les plus gros ! Laissez libre cours à votre imagination !

PUZZLE DE STYLOS

- ***Stylos à bille et/ou à plume***

Démontez les stylos en plusieurs pièces en faites en un tas. Le joueur, les yeux bandés, devra reconstituer tous les stylos le plus rapidement possible ! Vous pouvez bien entendu jouer à ce jeu avec d'autres objets qui se démontent…

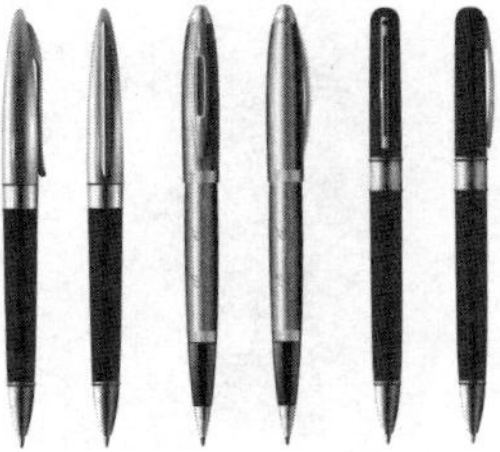

LES 7 ERREURS

- ***Vêtements et accessoires***

Un joueur observe dans les moindres détails tous les participants et quitte ensuite la pièce. Pendant ce temps, les autres en profitent pour faire sept modifications : changer de position, modifier leur tenue, un accessoire... Lorsque le joueur revient, à lui de retrouver les sept erreurs !

VIVE LES MARIÉS !

- ***Chaises***
- ***Chaussures à lacets***

Formez des équipes de deux joueurs et définissez un parcours avec des chaises à contourner alternativement par la droite et par la gauche. Mais avant de disputer cette course par équipe, les deux coéquipiers doivent lier les lacets d'une de leurs chaussures ensemble... Coordonnez vos pas autrement, gare aux chutes !

ÇA PINCE !

- ***Stock de pinces à linges***

Qui parviendra à accrocher à son visage le plus de pinces à linge ? Attention à ne pas vous faire mal (interdisez les zones dangereuses ou trop sensibles) et n'oubliez pas de vous prendre en photo !

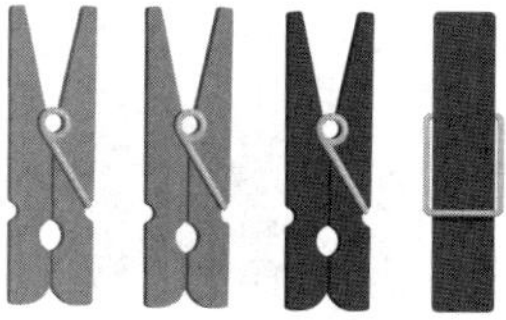

CRASH D'HÉLICO

- ***Samares de l'érable (fruit)***

Les samares sont ces graines que produit l'érable, munies d'une extension en forme d'aile qui tournoie lorsqu'elle tombe. Lancez votre samare en l'air et observez-la chuter comme un hélicoptère… Lequel touchera le sol en dernier ?

KOALA

• ***Arbres/poteaux***

Chacun choisit un arbre ou un poteau et, au signal de départ, l'enlace avec ses bras et ses jambes de manière à ne plus toucher le sol. Le dernier à se maintenir agrippé à l'arbre ou au poteau l'emporte et gagne le respect des autres koalas…

ORIGAMI

• ***Prospectus***

Conservez des prospectus et mettez-vous à l'art de l'origami ! Vous serez vite lassés des cocottes ou des bateaux en papier, mais vous trouverez de nombreux modèles sur Internet...

STONE BALANCING

- ***Cailloux***

Connaissez-vous cette discipline ? Il s'agit d'empiler des galets ou cailloux les uns sur les autres de manière à former une œuvre artistique à l'équilibre improbable, précaire et délicat… Armez-vous de patience et de calme !

BOWLING

- ***Bouteilles d'eau vide***

Remplissez d'eau des bouteilles jusqu'à leur moitié. Disposez-les ensuite en triangle (vous pouvez en prendre dix comme au bowling, mais adaptez au nombre de bouteilles en votre possession). Placez-vous à distance et appliquez les règles du bowling (trois lancers pour en faire tomber le maximum). Vous pouvez utiliser un ballon, une balle… ou même jeter une bouteille à moitié remplie d'eau !

SARBACANE

- ***Stylo bille/paille***
- ***Boulettes de papier***

Amusant pour les petits et régressifs pour les plus grands : retirez la mine d'un stylo bille, conservez le tube, puis mâchez des petites boulettes de papier pour les souffler dans votre sarbacane sur la cible de votre choix !

CHAUD OU FROID ?

• ***Petits objets***

Constituez deux équipes. Chacune désigne un fouineur. Les joueurs cachent un même nombre d'objets à retrouver et indiquent à l'équipe adverse l'endroit où ils se trouvent. Pendant ce temps, les deux fouineurs s'isolent. Lorsqu'ils reviennent, la recherche des objets peut commencer. Chaque équipe guide alors son fouineur en lui indiquant seulement s'il se trouve loin ou très loin d'un objet de l'équipe adverse avec des mots comme « froid », « gelé », « glacé », ou s'il est proche avec des mots comme « chaud », « brûlant », « bouillant », « incandescent »... L'équipe gagnante est celle qui aura récupéré en premier tous les objets de l'équipe adverse.

CAILLOUCHETTES

- ***Sable***
- ***Cailloux***

Dessinez sur le sable de la plage une cible de jeu de fléchettes avec différents cercles ou zones pour lesquels vous attribuez à chacun un nombre de points. Placés à distance de cette cible, les joueurs lancent chacun trois cailloux pour tenter de marquer le plus de points possible…

BÂTONS DE PUB

- ***2 balles***
- ***Prospectus***

Les deux participants se positionnent devant une ligne, à trois mètres de leur balle posée au sol. Au top départ, ils roulent des pages de prospectus afin de confectionner un long bâton qui leur permettra d'atteindre leur balle, puis de la ramener vers eux le plus rapidement possible jusqu'à lui faire franchir la ligne !

QUE SENS-TU ?

- ***Contenu du frigo***
- ***Foulard***

Chacun leur tour et les yeux bandés, les joueurs doivent deviner à leur odeur différentes choses qui proviennent du réfrigérateur. Lorsqu'ils n'y parviennent pas… ils doivent goûter !

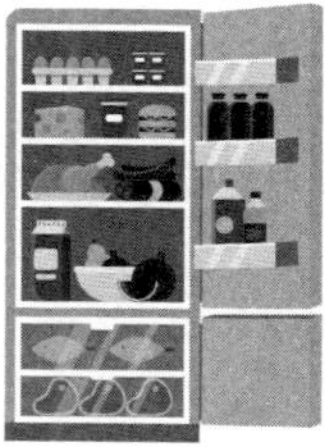

LE PARTAGE DE L'HÉRITAGE

- ***Divers petits objets***
- ***Sac/boîte***

Un participant que l'on appellera le notaire étale sur la table une trentaine de petits objets. Les autres, les héritiers, observent les objets pendant une minute, puis le notaire les range un par un dans un sac. Chacun leur tour, les héritiers réclament ensuite un objet, que le notaire leur remet. S'ils hésitent trop longtemps ou se trompent, le notaire passe à l'héritier suivant. Le gagnant est celui qui aura obtenu le plus d'objets.

AVEUGLÉ ET SON GUIDE

- ***Bouteilles en plastique***

Réalisez deux parcours identiques avec des bouteilles posées au sol qui serviront d'obstacles. Constituez ensuite deux équipes de deux joueurs. L'un aura les yeux bandés pendant que son coéquipier le guidera par la voix depuis la ligne de départ. Le but est que chaque joueur ramasse la dernière bouteille de son parcours pour la ramener le premier sur la ligne d'arrivée. Mais attention à ne pas renverser de bouteilles car autrement… le vainqueur est celui qui en aura fait tomber le moins !

LE JUSTE TEMPS

- ***Pièces jaunes***
- ***Chronomètre***

Les participants se tiennent en ligne au fond d'une pièce, à distance d'une table sur laquelle une pièce jaune est posée en son centre. À son signal, le meneur décompte deux minutes à sa montre ou son téléphone pendant que les joueurs décomptent ce temps dans leur tête. Le but est de venir taper sur la pièce au bout de deux minutes. Celui qui s'approchera le plus de ce temps pourra la conserver !

DANS MA MAIN

• ***Divers petits objets***

Chaque participant tient secrètement un petit objet dans sa main. Chacun son tour et dans le sens des aiguilles d'une montre, les joueurs posent une question à la personne de leur choix pour tenter de deviner l'objet qu'il cache. Ce dernier ne peut répondre que par oui ou par non. Lorsque la réponse est « oui », celui qui a posé la question peut dire à quoi il pense. À chaque fois qu'un objet est deviné, son détenteur est éliminé.

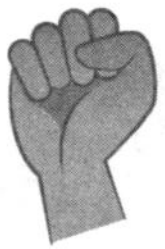

PASSE-MOI LE SUCRE !

- ***Petites cuillères***
- ***Morceau de sucre/sucre en poudre***

Les participants tiennent une petite cuillère dans leur bouche et se transmettent un morceau de sucre, de petite cuillère en petite cuillère… Vous pouvez constituer deux équipes, la gagnante étant celle qui aura transmis son morceau de sucre le plus rapidement au dernier. Lorsqu'il chute, il faut repartir du départ !

PUZZLE

- ***Magazines***
- ***Ciseaux***

Découpez deux feuilles de magazine l'une sur l'autre en petits morceaux afin de réaliser deux puzzles identiques. Mélangez toutes les pièces. Le joueur qui termine son puzzle le premier sera désigné vainqueur.

L'INSPECTEUR

- ***Divers objets/meubles***

Un joueur observe l'intérieur de la pièce dans ses moindres détails. Il ferme ensuite les yeux pendant que les autres en profitent pour changer un objet ou meuble de place. Lorsque le joueur est autorisé à rouvrir les yeux, il doit alors retrouver l'élément qui a été déplacé !

RENARD VS POULES

- ***Bouchons en plastique/pièces de monnaie/cailloux***

Reproduisez la figure suivante dans le sable ou la terre. Un joueur dispose des treize cercles représentant les poules, l'autre est le renard, en noir. Les poules se déplacent en avançant, en reculant et sur les côtés. Le renard progresse de même, ainsi qu'en diagonale. Les poules doivent encercler le renard pour qu'il ne puisse plus s'échapper. Le renard doit croquer toutes les poules en sautant par-dessus et en se posant dans une case vide derrière. Il peut, comme au jeu de dames, en croquer plusieurs en faisant plusieurs bonds…

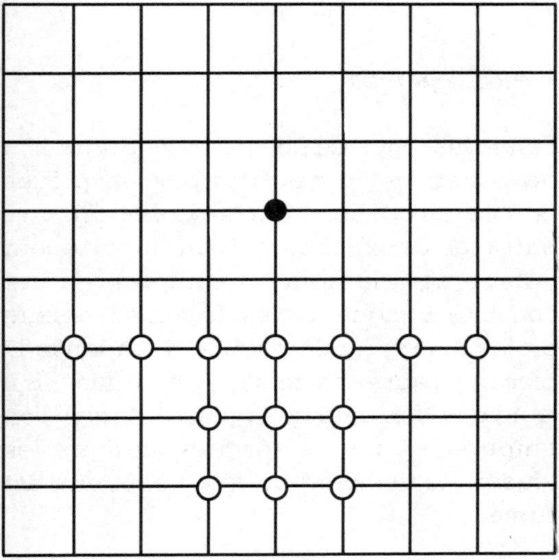

PILE OU FACE

• ***Pièces jaunes***

Faites les fonds de poches et de tiroirs afin de constituer un petit stock de pièces jaunes oubliées... Partagez-les ensuite entre les deux joueurs, (peu importe leur valeur, seul le nombre compte). Le but consiste à gagner celles de son adversaire en les jouant à pile ou face. L'un lance la pièce et l'autre parie sur pile ou face. S'il trouve le bon côté de la pièce, alors il s'en empare. Le jeu se termine lorsque les joueurs le décident ou que l'un d'eux est ruiné...

LA COURTE PAILLE

• *Petits bâtons*

Deux joueurs choisissent chacun six petits bâtons de tailles différentes et les tiennent dans une main de manière à ce que l'adversaire ne puisse pas deviner leurs longueurs. Lors du premier tour, chaque joueur tire un bâton de la main adverse. Celui qui a tiré le bâton le plus court marque 1 point. Au deuxième tour, c'est le bâton le plus long qui fera marquer 1 point. Puis alternez ainsi bâton court et long jusqu'au dernier tirage. Le vainqueur est celui qui aura marqué le plus de points.

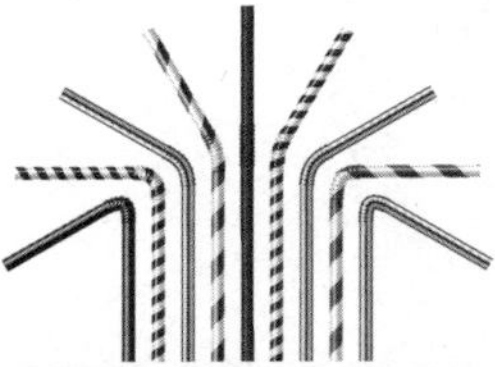

AVIONS EN PAPIER

- ***Prospectus***

Chaque génération a sa technique alors… qui confectionnera l'avion en papier qui volera le plus loin ? Le plus haut ? Ou encore le plus longtemps ?

FOOT TEMPÊTE

- ***Pailles***
- ***Bouchons***
- ***Feuille en papier***

Délimitez les buts de chaque équipe avec des bouchons. Roulez en boule un petit bout de papier et, grâce à vos pailles, soufflez dessus pour le faire pénétrer dans les buts adverses ! Vous pouvez jouer à deux ou à plusieurs !

TANGRAM

- ***Feuille cartonnée***
- ***Ciseaux***

Dans une feuille cartonnée, découpez les pièces de ce puzzle selon la figure ci-contre. Dans chaque équipe, un participant doit faire deviner à ses autres coéquipiers une chose, un être ou un objet que l'équipe adverse, en secret, lui donne pour défi de réaliser avec ses pièces de puzzle. Et cela en moins de trois minutes ! Après chaque défi, les équipes échangent leurs rôles.

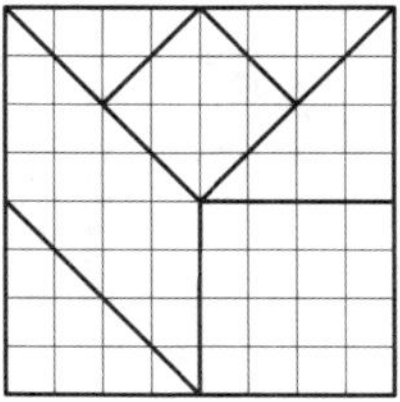

COMPLÈTEMENT MARTEAU !

- ***Vieux clou***
- ***Épaisse pièce de bois***
- ***Marteau***

Pré-enfoncez un clou sur une pièce de bois. Chacun leur tour, les deux joueurs frappent le clou une seule fois à l'aide du marteau. Le vainqueur est celui dont le coup fera s'enfoncer totalement le clou !

LES CAMBRIOLEURS

- ***Ficelle***

En forêt ou dans une pièce de la maison, les cambrioleurs doivent chacun leur tour se contorsionner pour avancer en évitant de toucher les multiples ficelles tendues dans tous les sens tels les faisceaux lumineux d'une alarme, pour se rendre dans la « salle du trésor ». Qui parviendra à ne pas déclencher l'alarme et sera le meilleur ou le plus rapide des cambrioleurs ?

C'EST PAS COTON !

• ***Coton***

Disposés en cercle, les joueurs soufflent sur un bout de coton finement étiré pour le maintenir en l'air. Celui qui le laisse choir a un gage (voir page 158) !

MÉMORY

- ***Bâtonnets de glace***

Faites des paires de bâtonnets de glace en coloriant ou remplissant de petits dessins une de leur face. Disposez sur la table tous les bâtonnets face cachée. Chacun leur tour, les joueurs retournent deux bâtons dans l'espoir de reconstituer une paire. Celui qui y parvient conserve la paire et peut continuer à jouer. Autrement, il replace les bâtonnets face cachée et passe son tour. Le gagnant est celui qui aura reconstitué le plus de paires.

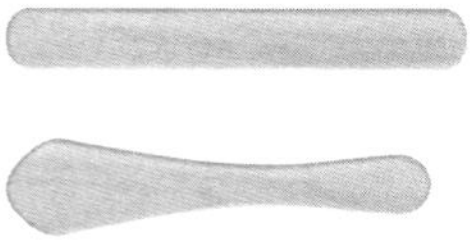

LES GLADIATEURS

- ***Poutre ou tronc d'arbre mort***
- ***2 frites de piscine/manches à balais/grandes branches***

Sur une poutre posée au sol ou sur le tronc d'un arbre mort en forêt, deux joueurs s'affrontent et doivent se faire tomber. Pour cela, ils sont équipés d'une frite de piscine avec laquelle ils peuvent se frapper. Vous pouvez aussi utiliser un manche à balai ou une grande branche qu'il faudra tenir à deux mains bien écartées pour se pousser.

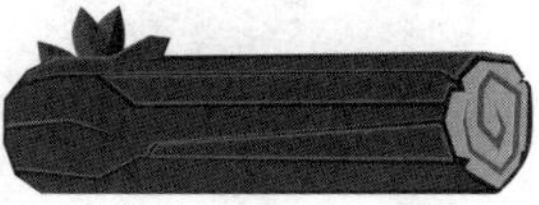

PING-TOC

- ***Gobelets***
- ***Balle de ping-pong***

Regroupez des gobelets à l'extrémité d'une table en indiquant un nombre de points différent sur chacun d'eux (ou grâce à un code couleur sur leurs rebords). De l'autre côté de la table, les joueurs disposent de trois tentatives pour faire rebondir la balle sur la table afin qu'elle termine dans un gobelet. Celui qui marque le plus de points remporte la partie.

COÛTE QUE GOUTTE !

- *Des verres identiques*

Sortez sous la pluie, chacun armé d'un verre à eau… Qui parviendra le premier à remplir son verre d'eau de pluie ? Cherchez les gouttières…

PLUS OU MOINS CHER ?

- ***Achats de vos dernières courses***

Étalez vos courses sur une table et choisissez un article d'un prix moyen. Les participants doivent ensuite choisir chacun leur tour un article des courses et annoncer à chaque fois s'il est plus ou moins cher que l'article choisi en référence. Contrôlez les réponses avec le ticket de caisse. Si le joueur a correctement estimé le prix de l'article, il le conserve devant lui. S'il se trompe, l'article est mis de côté et ne pourra plus être choisi. Le gagnant est celui qui aura estimé le prix du plus grand nombre d'articles. Le perdant range les courses !

LES OSSELETS

- *5 cailloux/briques de Lego*

Le jeu consiste à relever différents défis d'adresse. Par exemple, d'une seule main : lancez un caillou en l'air, ramassez-en un autre et rattrapez celui lancé avant qu'il ne tombe. Ainsi de suite pour les cinq cailloux. Puis augmentez la difficulté des défis : lancez un caillou et ramassez-en deux, trois, quatre d'un coup. Ou encore lancez un caillou et faites-en passer un autre sous votre seconde main qui forme un pont, avant de le rattraper.

CHAUSSURES PERCHÉES

- ***Paires de chaussures à lacets***

Tendez une corde en hauteur entre deux arbres ou poteaux. Les joueurs lient une paire de chaussures entre elles et doivent, depuis une ligne assez éloignée de la corde, les lancer afin qu'elles y restent pendues ! Qui sera le plus habile ?

BATAILLE D'OREILLERS !

- *Oreillers/coussins*

Plutôt que de vous débarrasser de tous vos vieux oreillers ou coussins, pourquoi ne pas organiser une méga bataille de plumes et de ouate ? C'est défoulatoire...

LAM-TURKI

- ***9 cailloux***

Reproduisez cette étoile dans le sable ou tracez-la dans la terre. Déposez neuf cailloux chacun à une intersection de cette figure. Le but du jeu est qu'il ne reste qu'une seule de vos pièces. Pour éliminer un caillou, déplacez-en un par-dessus celui à éliminer pour le placer sur l'intersection libre.

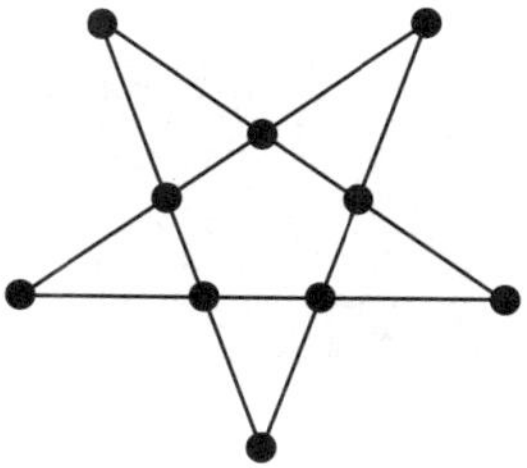

CHAMBOULE-TOUT

- ***Pots de yaourt/conserves vides***
- ***Paire de chaussettes***

Empilez sur une table des pots de yaourts vides de manière à former une pyramide. Avec une vieille paire de chaussettes roulée en boule, dégommez les pots ! Combien de lancers vous faudra-t-il pour tous les faire tomber de la table ?

CHAUSSETTES AUX PRISONNIERS

- ***Paire de chaussettes***

Constituez deux équipes et roulez une paire de chaussettes. Délimitez un terrain avec les zones de jeu et celles des prisonniers comme sur le schéma ci-après. Tout en restant dans son terrain, le but est de jeter la paire de chaussettes roulée en boule pour toucher un ou plusieurs adversaires. Celui ou ceux qui sont touchés sont faits prisonniers derrière l'équipe adverse. Si un joueur adverse parvient à attraper la paire de chaussettes avant qu'elle ne touche le sol, il n'est pas constitué prisonnier. Pour délivrer un coéquipier, une équipe peut lui lancer les chaussettes par-dessus l'équipe adverse. Les passes sont autorisées, mais il est interdit de se déplacer avec la paire de chaussettes en main. Lorsque cette dernière sort du terrain, les prisonniers présents dans cette moitié de terrain la récupèrent. L'équipe dont tous les membres ont été faits prisonniers a perdu…

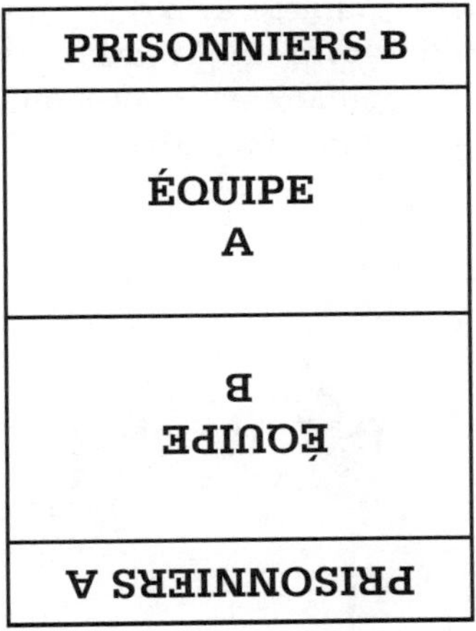

SCULPTURE DE SABLE

- *Sable*

Sur la plage, pour changer un peu des ordinaires châteaux de sable, faites un gros tas de sable humide afin d'y sculpter une créature de votre imagination. Pensez à humidifier régulièrement votre œuvre pour la travailler et la consolider.

HERBIER

• ***Feuilles mortes***

Dans un temps imparti, chaque participant s'aventure dans le bois pour y ramasser le plus de feuilles mortes différentes. Le vainqueur est celui qui ramènera les feuilles du plus grand nombre d'espèces d'arbres.

TÊTES AU SEC

- ***2 bouteilles en plastique***
- ***2 louches/grosses cuillères***
- ***Saladier***

Coupez les bouteilles en deux. Positionnés face à un miroir, deux joueurs maintiennent sur leur tête le fond de leur bouteille à l'aide d'une main. De l'autre, ils puisent l'eau dans le saladier avec leur louche pour remplir leur bouteille. Le gagnant est celui qui, en une minute, aura le plus rempli sa bouteille d'eau !

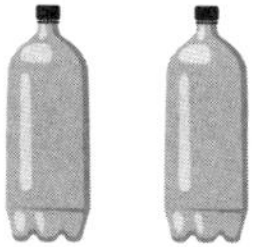

COURSE D'AVIONS

- ***Ficelle***
- ***2 chaises***
- ***2 gobelets en carton***

Percez le fond des gobelets et enfilez-les chacun sur une ficelle. Tendez les deux ficelles depuis un même point haut jusqu'à deux chaises en contrebas et placées à équidistance du point de départ. Le fond des gobelets doit être orienté vers les chaises. Les gobelets sont ensuite positionnés au point haut des ficelles puis, au signal de départ, les deux participants soufflent à l'intérieur du leur pour le faire descendre jusqu'à ce qu'il touche leur chaise. Le premier à y parvenir a gagné !

LES STOCKS DE CONSERVES

- ***8 boîtes de conserve***

Disposez sur une table huit boîtes de conserve. Posez deux chaises le plus loin possible de la table et à deux ou trois mètres l'une de l'autre. Les joueurs ont les yeux bandés et doivent récupérer une à une les boîtes de conserve et les déposer l'un sur une chaise et l'autre sous une chaise. Les deux joueurs peuvent choisir la même chaise… D'autant plus que, à condition de ne toujours les déplacer qu'une par une, il est autorisé de voler les conserves de son adversaire. Le vainqueur est celui qui aura stocké quatre boîtes le premier !

LIMBO

• ***Balai***

Le jeu consiste à passer, le buste tourné vers le ciel, sous le manche d'un balai tenu horizontalement par deux autres participants. Chacun votre tour, passez sous le balai. Commencez par le tenir assez haut puis baissez-le légèrement après que chacun des participants est passé. Celui qui n'y parvient plus est éliminé. Pour l'ambiance, vous pouvez mettre de la musique ou frapper dans vos mains.

LES PORTRAITS-ROBOTS

- ***Magazines***

Dans un magazine, l'un des participants découpe les visages de tailles similaires de trois personnalités pour reconstituer un portrait-robot avec les yeux et le haut de la tête de l'un, le nez et les pommettes du deuxième et la bouche et le bas du visage du troisième. Les autres participants doivent ensuite deviner à quelle personnalité appartient chacune de ces parties de visage.

LES MÉDIUMS

- ***Divers objets***

Sous le contrôle d'un maître du jeu, les joueurs doivent chacun leur tour donner le nom d'une chose contenue dans le frigo (ou un tiroir, un placard)... Quand un joueur donne une mauvaise réponse, il est éliminé et les autres poursuivent l'inventaire. Le dernier encore en jeu l'emporte.

LE PARCOURS DU POULAILLER

- ***Petites cuillères***
- ***Œufs périmés***

Le jeu consiste à effectuer une course (chronométrée ou à plusieurs) parsemée d'embûches avec une petite cuillère dans la bouche, et surtout… un œuf dans la cuillère !

MIKADO

• ***Allumettes***

Lâchez une poignée d'allumettes au-dessus d'une table. Le but est de récolter le maximum d'allumettes une par une sans jamais en faire bouger une autre. Vous pouvez pour cela vous aider des allumettes déjà récoltées. Lorsqu'un joueur fait bouger une allumette, c'est au tour du joueur suivant. Vous pouvez aussi décider que certaines allumettes valent plus de points (20 points, 10 points, 5 points et 1 point). Pour cela, il suffira de les colorier avec des feutres afin de les différencier.

OMBRES CHINOISES

- ***Source de lumière***

Projetez l'ombre de vos mains sur un mur ou le sol et, à l'aide de vos doigts, donnez-lui une forme familière que les autres doivent deviner. Celui qui y parvient projette une ombre à son tour.

BALLONS NON DIRIGEABLES

• ***Ballons de baudruche***

Tous les participants gonflent un ballon de baudruche et le maintiennent gonflé en pinçant son embout. Au top départ, tout le monde lâche son ballon. Quel est le ballon qui s'écrasera en dernier ?

TIR À L'ARC

- ***Branches de noisetier***
- ***Ficelle***

Coupez une branche de noisetier d'environ un mètre. Les branches de noisetier ont l'avantage d'être droites, solides et souples à la fois. Faites une encoche aux deux extrémités. Accrochez la ficelle à l'une d'entre elles et bandez l'arc pour l'accrocher à la seconde. Taillez quelques longues flèches dans d'autres branches et il ne vous restera plus qu'à déterminer une cible… non vivante !

DE L'EAU, VITE !

- ***Petites cuillères***
- ***Verres identiques***
- ***Point d'eau***

Pendant cinq minutes, les joueurs doivent ramener de l'eau avec leur petite cuillère depuis un point d'eau jusqu'à leur verre. Qui parviendra à remplir son verre avec le plus d'eau ?

COURSE À HANDICAP

- ***Divers objets de tailles et poids différents***

Préparez un parcours avec une ligne de départ et d'arrivée. Cette course par élimination se déroule en plusieurs manches, le dernier arrivé étant à chaque fois éliminé. Celui-ci choisit alors un objet et le donne à un concurrent qui sera chargé de cet objet pour poursuivre la ou les manches suivantes. Un joueur éliminé doit transmettre tous ses objets à l'un des concurrents encore en course et un nouvel objet au concurrent de son choix. Le vainqueur est celui qui, alors qu'il ne reste que deux joueurs, franchit la ligne d'arrivée en premier.

L'OBJET EMPOISONNÉ

- ***Musique***
- ***N'importe quel objet***

Les joueurs se passent et se repassent un objet « empoisonné » pendant qu'un autre diffuse de la musique. Lorsqu'il décide de la stopper, celui qui détient alors l'objet empoisonné est éliminé. La personne qui diffuse de la musique doit bien entendu tourner le dos au jeu pour ne pas voir qui est en possession de l'objet !

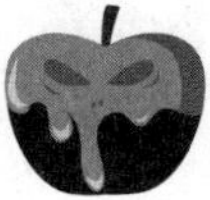

LANCE ET ATTRAPE

- ***Bouteille de lessive avec anse***
- ***Balle***

Coupez deux bouteilles de lessive en deux et conservez les parties avec l'anse. Lancez-vous une balle que vous devez attraper avec votre demi-bouteille et relancez-la à votre partenaire.

PNEUS MIEUX FAIRE !

- ***Vieux pneus***

Réalisez un parcours avec de vieux pneus posés au sol les uns à côté des autres. Le but est de passer tous ces pneus en sautant de l'un à l'autre en posant un pied en leur centre. Qui réalisera le meilleur chrono ?

BOB L'ÉPONGE

- ***Éponge***
- ***Un verre***

Posez une éponge sur la tête d'un joueur que l'on appellera « Bob ». Ce dernier parie sur la quantité d'eau qu'il sera possible de verser sur cette éponge sans qu'elle ne dégorge. Pour cela, il indique jusqu'à quel niveau remplir le verre d'eau dont un autre joueur versera ensuite le contenu sur l'éponge. Après l'avoir essorée, le joueur suivant est obligé d'indiquer un niveau d'eau supérieur au précédent… Le perdant est celui qui se fera mouiller !

LE PALET BRETON

- ***Planche en bois***
- ***Cailloux***

Le but du jeu est de lancer ses cailloux sur la planche. Chaque joueur choisit environ cinq cailloux. Qui parviendra à en lancer le plus sans qu'ils ne retombent au sol? Vous pouvez aussi disposer au milieu de la planche un petit caillou dont il faudra, comme au jeu de la pétanque, se rapprocher le plus...

DOMINOS

- ***28 bâtonnets de glace***

Inscrivez aux extrémités d'une face des bâtonnets de glace les chiffres suivants selon le modèle ci-après. Distribuez sept dominos pour deux joueurs ou six pour trois ou quatre joueurs. Le restant servira de pioche. Le joueur ayant le double le plus fort le pose pour commencer. Le joueur suivant doit poser un domino ayant le même nombre de points sur au moins un des deux côtés. S'il ne peut pas, il pioche et passe son tour. Le jeu va constituer une chaîne. Le vainqueur est celui qui aura posé tous ses dominos ou celui qui aura le moins de points en main si la chaîne est bloquée.

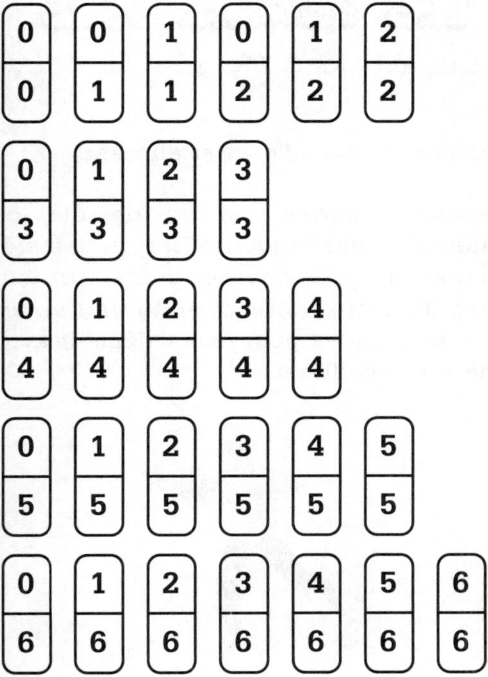
0/0 0/1 1/1 0/2 1/2 2/2
0/3 1/3 2/3 3/3
0/4 1/4 2/4 3/4 4/4
0/5 1/5 2/5 3/5 4/5 5/5
0/6 1/6 2/6 3/6 4/6 5/6 6/6

LES QUATRE SENS

• ***Divers objets, choses et aliments***

Les yeux bandés et à tour de rôle, les joueurs doivent reconnaître quatre éléments : un qu'ils devront goûter, un toucher, un autre sentir et enfin un dernier entendre (tapez pour cela l'élément avec une petite cuillère) !

PING-PONG

- ***Balle de ping-pong***
- ***Table***
- ***Boîtes alimentaires***
- ***2 petites assiettes***

Servez-vous de boîtes alimentaires pour matérialiser le filet qui sépare votre table en deux. De chaque côté de cette table, improvisez une partie de ping-pong. Pour les raquettes, vous pouvez, par exemple, vous servir de petites assiettes à dessert.

PÊCHE AUX VERS

- ***Des récipients***
- ***Un temps de pluie…***

Lorsqu'il pleut, les vers de terre en profitent pour sortir. C'est le moment de partir à leur recherche et de les ramasser. Qui réalisera la meilleure pêche ? Relâchez-les ensuite ou déposez-les dans les pots de vos plantes, elles vont adorer !

STONE ART

• ***Galets (ou coquillages)***

Sur la plage ou près d'une rivière, ramassez des galets de différentes formes, tailles et couleurs pour représenter au sol une grande fresque aux formes géométriques. Pensez à la photographier !

SAFARI PHOTO

- ***Téléphones portables***

Dans un laps de temps imparti, chaque participant s'aventure dans la nature pour photographier les espèces animales qu'il rencontre. Le vainqueur est celui qui aura capturé, en photos, le plus d'espèces animales !

LA POUBELLE JAUNE

- ***Sacs***
- ***Gants de protection***

Chaque participant, à l'aide d'un sac, part ramasser le maximum de déchets dans la nature. Le gagnant est celui qui en aura rapporté le plus. Bien entendu, vous jetterez ensuite ces déchets dans les poubelles appropriées.

LA LETTRE ANONYME

- ***Prospectus***
- ***Ciseaux***

Parmi les joueurs, un « corbeau » énonce une courte phrase que les autres s'emploieront à reproduire sur une table, en découpant des lettres dans les prospectus. Celui qui y parvient en premier lève la main en demandant au corbeau de vérifier sa missive. Si la phrase est correctement reproduite, il prend alors la place du corbeau.

CHAÎNE DE SOLIDARITÉ

- ***Ballon/balle/orange***

Les participants se tiennent en file indienne. Le premier coince une balle sous son menton et, les mains dans le dos, doit la transmettre à son voisin. Celui-ci, tout en ayant lui aussi les mains dans le dos, doit s'en emparer comme il peut pour la transmettre à son tour. Et ainsi de suite, jusqu'au dernier de la file ! Selon le même principe, vous pouvez organiser une course de relai entre deux équipes.

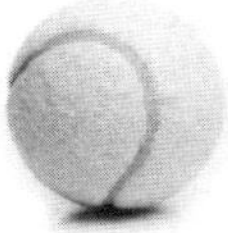

LEAF ART

- ***Feuilles mortes***

À l'automne, ramassez dans les bois des feuilles de différentes couleurs. En les disposant une à une au sol, réalisez une grande fresque géométrique aux couleurs chatoyantes !

MAIS OÙ A-T-IL LA TÊTE ?

- ***Magazines***

L'un des participants découpe la tête d'une personnalité ou la gribouille pour qu'on ne puisse pas l'identifier. Les autres participants doivent ensuite deviner à qui appartient le corps de cette célébrité !

LES TROIS RANGÉES MAGIQUES

- ***12 allumettes/bâtons/cailloux***

Faîtes une rangée de cinq allumettes (bâtons ou cailloux), une seconde de quatre et une dernière de trois. Chacun son tour, les deux joueurs retirent le nombre d'allumettes qu'ils souhaitent dans une seule rangée. Le but du jeu est de faire prendre à son adversaire la dernière allumette.

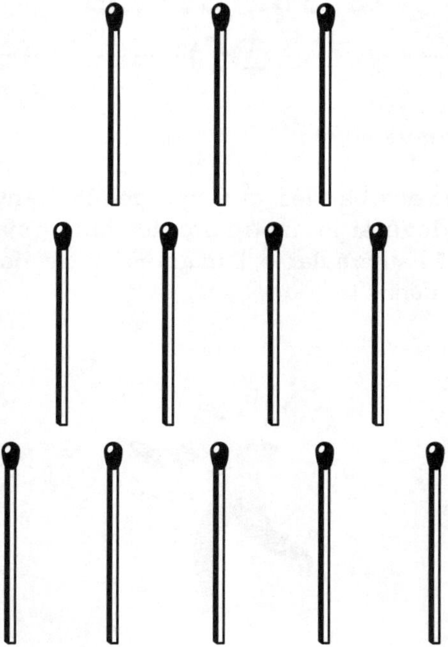

À L'AVEUGLE

- ***Divers objets***

Les yeux bandés, et à tour de rôle, tentez de deviner le maximum des cinq objets posés au préalable, l'un après l'autre, dans vos mains !

FRISBEE

- ***Assiette en carton***
- ***Ciseaux***

Rien de plus simple que de fabriquer un frisbee avec une assiette en carton ! Il suffit de découper le centre de l'assiette pour ne garder que ses rebords. De plus, vous pouvez jouer à l'intérieur sans risquer de casser quoi que ce soit…

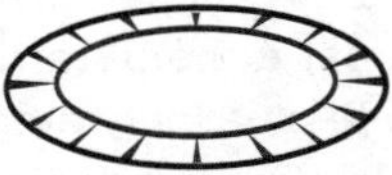

LE DERNIER DES RHINOCÉROS

- ***Samares de l'érable (fruit)***

Les samares sont ces graines que produit l'érable, munies d'une extension en forme d'aile qui tournoie lorsqu'elle tombe. Séparez en deux la coque qui renferme cette graine, humidifiez-la avec votre langue et collez la samare sur le bout de votre nez, avec l'aile dans son prolongement. Vous voici ainsi tous pourvus d'une belle corne de rhinocéros ! Mais elle est éphémère… Qui parviendra à la garder le plus longtemps sur son nez et deviendra le dernier des rhinocéros ? Il n'est pas interdit de souffler sur celle de son voisin…

SUITE DE COULEURS

- ***Crayons de couleur***
- ***Serviette***

Un des deux joueurs réalise une suite de crayons de couleur. L'autre a ensuite vingt secondes pour l'observer afin de la mémoriser avant qu'elle ne soit recouverte d'une serviette. Il doit ensuite annoncer dans l'ordre les couleurs de chaque crayon. Découvrez alors les crayons un à un pour vérifier à chaque fois si la réponse est correcte. Qui parviendra à reconstituer toute la suite ? Vous pouvez commencer par une série de quelques crayons puis augmenter progressivement la difficulté en y ajoutant d'autres.

LA PASSE À DIX

• ***Paire de chaussettes***

Constituez deux équipes et roulez une paire de chaussettes. L'objectif est qu'une équipe réussisse à se passer la paire de chaussette dix fois d'affilée, d'un joueur à l'autre et sans qu'elle ne tombe. Si elle est interceptée par l'équipe adverse ou qu'elle chute, c'est au tour de l'autre équipe de tenter sa chance.

COURSES DE CHAISES

• ***2 chaises par joueur***

Les joueurs doivent effectuer une course en ne se déplaçant que sur leurs deux chaises. Après être monté sur l'une, le joueur doit donc positionner la seconde devant lui, monter dessus, récupérer la première et la repasser devant, et ainsi de suite jusqu'à la ligne d'arrivée, sans jamais mettre un pied au sol. Le premier à franchir la ligne remporte la course !

ÇA CARTONNE !

- ***Grands cartons***
- ***Paires de chaussettes***

Faites des trous dans un ou plusieurs grands cartons et attribuez à chacun des trous un nombre de points. Roulez des paires de chaussettes en boule. Chaque joueur détiendra un certain nombre de lancers pour mettre les chaussettes dans les trous et totaliser le plus de points !

COURSES D'ÉCHASSES

- ***Boîtes de conserves***
- ***Cordelette***

De chaque côté du fond des boîtes de conserves vides, percez deux trous pour y passer une longue cordelette. Posez vos pieds sur deux boîtes et maintenez les cordelettes tendues dans vos mains. Prêts pour une course sur échasses ?

MINI BABY-FOOT

- ***Boîte à chaussures***
- ***6 brochettes***
- ***Des pinces à linge***
- ***Petite balle/bille***

Découpez des cages de buts de chaque côté de la boîte. Transpercez-la avec trois brochettes de chaque côté. La première devant la cage, la seconde un peu avant le centre du terrain et la troisième face au but adverse. Fixez ensuite sur les tiges vos joueurs (les pinces à linge) où vous le souhaitez et jouez avec une petite balle. Bons matchs !

SUMOTORI

- ***Oreillers***
- ***Manteaux et vêtements***

Tracez un grand cercle au sol. Le but du jeu est de pousser son adversaire en dehors du cercle tout en conservant ses mains dans le dos. Avant de vous affronter, glissez un gros oreiller sous votre T-shirt et sur votre ventre, enfilez vêtements et manteaux de manière à devenir aussi volumineux qu'un véritable sumotori !

BADMINTON

- ***Assiettes en carton***
- ***Balle de ping-pong***
- ***Corde***

Par-dessus une corde tendue en hauteur, servez-vous des assiettes comme de raquettes pour vous envoyer la balle par-dessus la corde. Délimitez un terrain et comptez les points !

RICOCHETS

- ***Cailloux***
- ***Étendue d'eau calme***

Choisissez un caillou plat pour faire un concours de ricochets. Le vainqueur est celui qui en fera le plus ou dont le caillou ira le plus loin !

JEU DE DAMES

- ***Feuille en papier***
- ***40 bouchons en plastique/ capsules de canette ou de café***
- ***Prospectus***

Découpez des carrés dans un prospectus puis collez-les sur une feuille de manière à représenter un damier de 10 par 10, tel que ci-après. Positionnez vos bouchons ou capsules sur les carrés collés des quatre premières rangées. Si besoin, posez-les côté face et côté pile pour différencier les deux joueurs qui jouent chacun leur tour. Les pions se déplacent d'une case vers l'avant et en diagonale. Capturez le ou les pions adverses lorsqu'il est possible de passer par-dessus en diagonale et posez-vous derrière. Lorsque l'un de vos pions atteint la dernière rangée, il est promu « dame ». Posez alors un autre bouchon dessus pour le différencier. La dame se déplace en diagonale, en avant ou en arrière et d'autant de cases que le joueur le souhaite. Lorsqu'elle capture un pion adverse, elle peut changer de diagonale depuis la case située derrière le pion pris. Le perdant est celui qui se fait prendre tous ses pions ou qui reste bloqué.

LANCER D'ANNEAUX

- ***Anneaux de rideaux***
- ***Bâtonnets de glace/ bouteilles en plastique***
- ***Boîte en carton***

Inscrivez sur des bâtonnets de glace un nombre de points (10, 20, 30, 40...) et plantez-les dans une boîte en carton en les laissant dépasser des deux tiers. Le jeu consiste à lancer les anneaux sur les bâtonnets afin qu'ils les encerclent. Chaque joueur lance le même nombre d'anneaux, le vainqueur étant celui qui comptabilisera le plus de points.

XYLOPHONE

- *Verres d'eau*
- *Petite cuillère*

En tapant avec une petite cuillère sur des verres plus ou moins remplis d'eau jusqu'à retrouver les bonnes notes de musique, reconstituez l'air d'une chanson de votre choix. Aux autres d'en deviner le titre, avant de prendre votre place !

BASKET

- ***Seau/poubelle***
- ***Paire de chaussettes***

Une paire de chaussettes roulée en boule remplace le ballon, et un seau placé en hauteur, le panier. Les deux équipes s'affrontent en attaque/défense. Il est interdit de courir avec les chaussettes en main. Dès que ces dernières tombent, sont interceptées ou qu'un joueur *shoote* au panier, l'équipe qui attaquait passe alors en défense.

PIEDS TORTURÉS

• ***Briques de Lego***

Recouvrir le sol d'un couloir de briques de Lego. Les joueurs doivent, chacun leur tour, les yeux bandés et les pieds nus, parcourir tout le couloir en espérant marcher le moins possible sur ces petites pièces en plastique qui font mal aux pieds ! Le vainqueur est celui qui y parviendra le plus rapidement, sachant qu'il est interdit de courir.

LE BATTEUR FOU

- ***Boîtes de conserves vides***
- ***Boîtes en carton***
- ***Bassines***
- ***2 cuillères en bois/bâtons***

En réunissant des objets qui produisent un son lorsque vous tapez dessus, vous pouvez fabriquer une véritable batterie ! Le batteur doit reproduire le rythme d'une chanson connue dans le but d'en faire deviner le titre. Celui qui trouve prendra alors sa place !

VA CHERCHER !

• ***Divers objets***

Le maître du jeu ordonne aux participants de lui ramener le plus rapidement possible : un objet rouge, un objet commençant par un « T », un objet carré, etc. Celui qui aura ramené en premier le plus d'objets l'emportera.

DÉCOUPE TOUT

- ***Magazines***
- ***Ciseaux***

Les mains dans le dos, les participants relèvent le défi de découper dans des pages de magazine plusieurs formes (un rond, un carré, un triangle…). Qui y parviendra le mieux ?

ON S'ÉCLATE !

- ***Ballons de baudruche***
- ***Ficelle***
- ***Aiguille***
- ***Foulard***

Gonflez des ballons de baudruche et attachez-les en hauteur avec une ficelle. Les yeux bandés, le participant doit éclater à l'aide d'une aiguille tous les ballons le plus rapidement possible !

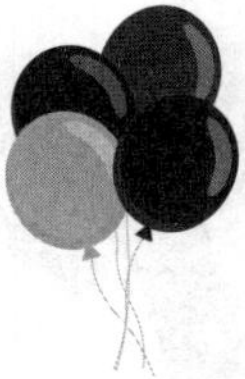

LANCE-PIERRES

- ***Bois en fourche***
- ***Caoutchouc/gros élastique***

Sur un morceau de bois coupé en « Y », attachez un caoutchouc aux deux extrémités. Vous êtes désormais équipé d'un lance-pierres. Déterminez une cible (non vivante !) puis visez-la avec des petits cailloux. Vous pouvez aussi jouer avec un simple élastique enfilé entre votre pouce et votre index.

ON PARTAGE ?

• ***Achats de vos dernières courses***

Donnez le montant total de vos courses aux deux participants. Ceux-ci doivent ensuite choisir chacun leur tour un des achats, jusqu'à ce qu'ils jugent s'être approchés au plus près de la moitié du montant total de ces courses (adaptez au nombre de participants). Lorsqu'un joueur estime ne pas pouvoir s'approchez davantage de ce montant, il s'arrête et l'autre peut continuer s'il le souhaite. Servez-vous du ticket de caisse pour ensuite calculer le panier des deux joueurs et désigner le vainqueur. Le perdant range les courses !

EMPILE LA VAISSELLE !

- ***Assiettes en carton***

Dessinez un cercle sur une assiette en carton et posez-la au sol. Répartissez équitablement le reste des assiettes entre deux joueurs (ou équipes). L'un d'eux dessine une croix sur les siennes. À distance et chacun son tour, un joueur lance une assiette dans le but qu'elle recouvre (même très partiellement) celle posée. S'il y parvient, c'est au tour du joueur adverse de lancer une assiette jusqu'à ce qu'il réussisse à recouvrir celle de son adversaire. Ce sera alors à nouveau son tour de jouer. Le gagnant est celui dont l'assiette sera sur le dessus de la « pile » lorsque l'adversaire n'aura plus d'assiettes. Durant la partie, les joueurs peuvent décider d'utiliser leur lancer d'assiette pour casser la pile. La partie reprend alors à partir de l'assiette la plus haute ou sur celle avec un cercle si elle n'est plus couverte. Comptabilisez les points en fonction du nombre d'assiettes empilées.

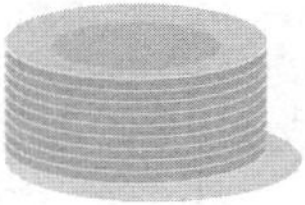

FOOT À L'AVEUGLE

- ***Foulards/bandeaux/écharpes***
- ***Cannette de soda vide***

Constituez deux équipes et désignez un guide pour chacune d'entre elles. Délimitez un terrain et des cages. Les joueurs se bandent les yeux et la canette sert de ballon. Grâce à l'écoute des guides et du bruit de la canette, l'objectif des joueurs est de marquer un but dans les cages adverses.

CHATS DE GOUTTIÈRES

• *Meubles et objets*

Organisez un parcours durant lequel il sera interdit de toucher le sol. Vous ne pouvez donc marcher ou vous agripper qu'à des meubles ou objets disposés au sol pour vous rendre du point de départ à l'arrivée…

MORPION

- ***Sable/brindilles de bois***
- ***10 cailloux noirs et blancs***

Reproduisez la grille suivante en la traçant dans le sable ou sur le sol avec des brindilles de bois. Un des joueurs joue avec les cailloux noirs, l'autre avec les blancs. Chacun leur tour, les joueurs placent un caillou dans la grille de manière à être le premier à aligner trois de ses cailloux horizontalement, verticalement ou en diagonale...

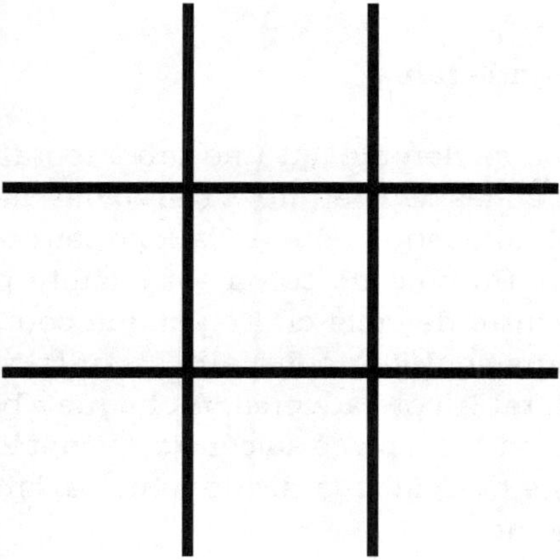

SOUFFLE-COTON

- *Coton*
- *Grande table*

Le jeu se déroule sur une table rectangulaire où les deux équipes s'assoient, face à face, de chaque côté de la longueur de la table. Un bout de coton est ensuite posé au centre de celle-ci. De chaque côté, les joueurs soufflent pour faire sortir le coton de la table côté adverse. À chaque « but », le coton est replacé au centre. Comptez les points et limitez la partie à, par exemple, 10 points.

JEU D'EAU

• ***Vieux tuyau d'arrosage***

Reliez le tuyau d'arrosage à un point d'arrivée d'eau et bouchez son autre extrémité. En perçant le tuyau de part en part, petits et grands se rafraîchiront et s'amuseront en franchissant ces gerbes d'eau !

À FOND LA GOMME !

- ***Vieux pneus***

Définissez un parcours et réalisez une course de pneus ! Les concurrents doivent courir près de leur pneu tout en le faisant rouler avec les mains.

LA MARELLE

- ***6 cailloux noirs et blancs/bouchons en plastique/capsules de café***

Reproduisez une des quatre figures ci-après dans le sable ou tracez-la sur la terre. Les deux joueurs disposent chacun de trois cailloux de la même couleur. Ils les placent un à un et chacun leur tour sur une intersection, puis les déplacent, toujours un à la fois et chacun leur tour, jusqu'à parvenir à aligner leurs trois cailloux !

→

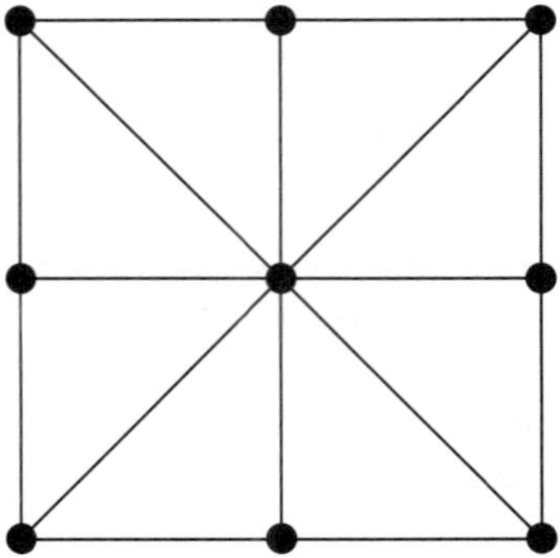

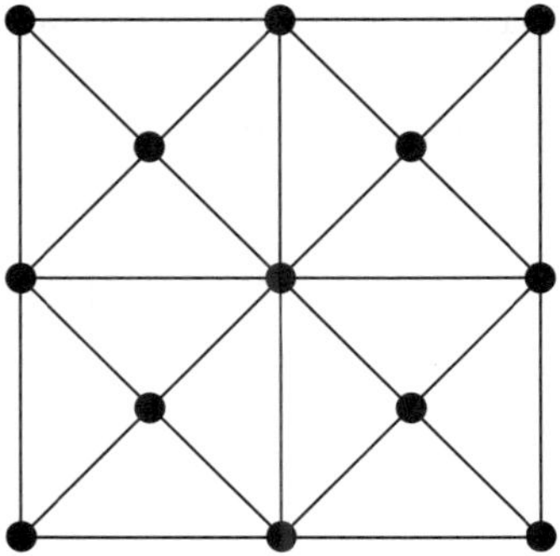

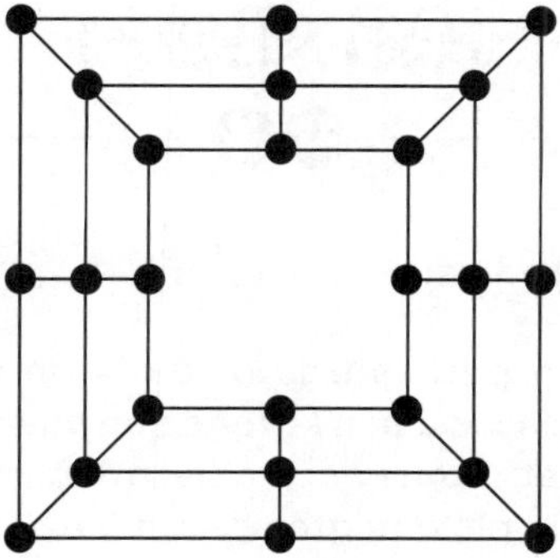

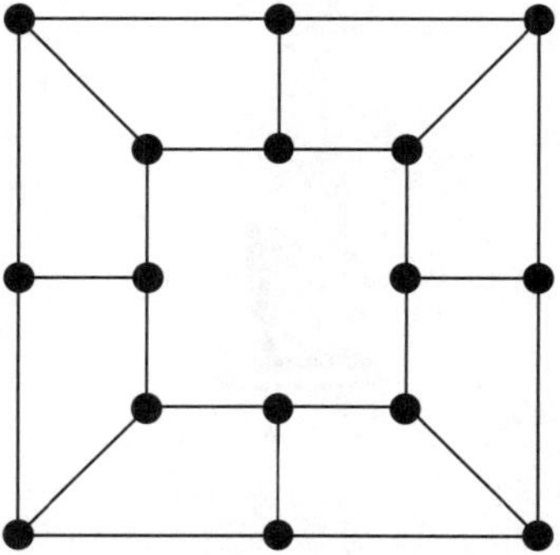

PAS GLOP !

• *Verres d'eau*

Voici un petit jeu idiot mais on ne boit jamais assez d'eau ! Prenez-en chacun une gorgée et… tous ensemble, qui parviendra à tenir le plus longtemps un gargarisme ?

SABLIER

- ***2 bouteilles en plastique***
- ***Sable***

Pour jouer, vous avez parfois besoin de décompter le temps imparti aux joueurs. Vous pouvez fabriquer un sablier à l'aide de deux bouteilles en plastique. Remplissez une bouteille de sable et fermez-la avec son bouchon au centre duquel vous aurez fait un trou. Scotchez les deux bouteilles ensemble, goulot contre goulot, et retournez-les pour que le sable s'écoule. Réglez la taille du trou et la quantité de sable pour obtenir le temps d'écoulement désiré !

GAGES (À TOUTES FINS UTILES)

Si la victoire ne suffit pas à votre bonheur, voici, pour le perdant, quelques idées de gages qui pourront pimenter vos parties :

- ***Danser seul et sans musique***
- ***Faire trois imitations de personnalités***
- ***Répéter dix fois : « Je suis passé chez ce cher Serge ! »***
- ***Sauter sur une jambe pendant une minute***
- ***Faire un bisou sur le nez à tout le monde***
- ***Garder la bouche grande ouverte pendant cinq minutes***
- ***Faire trois tours en marchant en canard***
- ***Imiter trois animaux***

- ***Porter un bonnet (d'âne)***
- ***Raconter une histoire drôle***
- ***Chanter une chanson à l'assemblée***
- ***Enfiler tous ses vêtements à l'envers***
- ***Jouer avec un doigt dans le nez***
- ***Ne parler qu'en rappant***
- ***Jouer sans chaussures***
- ***Ne parler qu'en faisant des rimes***
- ***Faire un câlin à tous les joueurs***

Rejoignez l'auteur
sur sa page Instagram :
www.instagram.com/
laurentgaulet

et Facebook :
www.facebook.com/LGaulet